나에게 사랑하는 법을 알려준 당신에게

소울 키스

사랑하는 법을 알려줘서 고마워요 또 사랑받는 법도

지은이 김진석
펴낸이 김민기
펴낸곳 큐리어스

초판 1쇄 인쇄 2016년 1월 3일
초판 1쇄 발행 2016년 1월 5일

출판신고 1992년 4월 3일 제311-2002-2호
121-893 서울특별시 마포구 양화로 8길 24
Tel (02)330-5500 Fax (02)330-5555

ISBN 979-11-5752-636-9 03810

가격은 뒤표지에 있습니다.
잘못 만들어진 책은 구입처에서 바꾸어 드립니다.

www.qrious.co.kr
큐리어스는 (주)넥서스의 브랜드입니다.

소울 키스

Soul Kiss

김진석 지음

Qrious

스페인 북부의 어느 길이었다. 내 앞에는 자신의 몸보다 큰 배낭을 메고 길을 걷는 연인이 있었다. 그들은 가쁜 숨을 몰아쉬며 스틱에 의지한 채 힘겹게 걸어나갔다. 그렇게 한참을 걷던 연인은 잠시 멈춰서서 서로를 바라봤다. 그리고 입술을 맞대 키스했다. 그들의 키스는 세상의 어떤 키스보다 아름다웠고, 단단하게 굳었던 내 마음에 울림을 주었다.

프랑스의 대표 사진작가 로베르 드와노의 〈시청 앞 키스〉, 구스타프 클림트의 〈키스〉, 영화 〈시네마 천국〉에 등장하는 수많은 키스 씬들… 예술가들에게 키스는 언제나 훌륭한 소재가 되어주었다. 물론 이 책에 등장하는 모든 이들은 배우가 아니다. 하지만 우리 주변에서 볼 수 있는 평범한 연인들이기에 더 소중하다. 어쩌면 이 책을 보고 있는 당신의 모습일지도 모른다.

당신에게 언제나 사랑이 함께하기를 바라며
김진석

Soul Kiss

contents

010 p

첫 번째 입맞춤
있는 그대로의 널 사랑해

일러두기

· 노래 가사는 맞춤법에 맞지 않더라도 그대로 표기하였습니다.
· 외국 노래 제목과 가수는 영어로 표기하였습니다.
· 영화 제목은 국내 개봉 제목으로, 국내 미방영된 외국 드라마는
  통상적으로 쓰이는 제목으로 표기하였습니다.

첫 번 째 입 맞 춤

있 는 그 대 로 의

널 사 랑 해

중력,

중력 때문에 땅에 설 수 있지.

우주에는 중력이 없어서

발이 땅에 붙어 있지를 못하고

둥둥 떠다녀야 해.

사랑에 빠지는 건

바로 그런 느낌일까?

— 드라마 〈알래스카의 빛〉

두 사람이 만나는 것은
두 가지 화학 물질이 접촉하는 것과 같다.

반응이 일어나면,
둘 다 완전히 바뀌게 된다.

— 카를 융 (정신의학자)

있는 그대로의 자신을
보여줄 수 있는 상대란 건,

얼마 없잖아.

— 드라마 〈호타루의 빛〉

우리의 사랑은 바람과 같아서

볼 수는 없지만 느낄 수는 있다.

—영화 〈워크 투 리멤버〉

지난번에
사랑은 슬픈 거라고 하셨죠?

전 그렇지 않다고
생각해요.

사랑은 모든 기적의
시작이에요.

— 드라마 〈절대 그이〉

그대가 예쁜 미소를 지을 때마다
서둘러 말하고 싶었지만 참아왔죠.

비온 뒤 개인 날이라 더욱 선명해요.
그대는 너무 아름다워요.

— 스탠딩 에그 〈사랑한다는 말〉

꽃에다 꽃을 더하면
네가 된다는 말은 하지 않을게.
참 예쁘다.

달에다 별이 빛나도
너의 눈빛이 반짝이는 건
그건 참 신기해.

— 우주 히피 〈1, 2, 3〉

난 널 정말 좋아해.
아니,
있는 그대로의 널 사랑해.

— 영화 〈브리짓존스의 일기〉

네가 아니었다면
아마 난 사랑을 영영 몰랐을 거야.

사랑하는 법을 알게 해줘서 고마워.
또 사랑받는 법도.

— 영화 〈이프 온리〉

나는 죽으면 쉽게 잊혀질
평범한 사람이지만

영혼을 바쳐
평생 한 여자를 사랑했으니
내 인생은 성공한 인생입니다.

— 영화 〈노트북〉

존경은 손에 키스하며,
우정은 열린 이마에 키스하며,
호감은 볼에,
큰 기쁨의 사랑은 입에 키스하네.

— 프란츠 그릴파르처 (극작가)

사랑이란, 이렇게
한사코 너의 옆에 붙어서
뜨겁게 우는 것임을

— 안도현 〈사랑〉

당신의 조용한 눈 속에 나를 쉬게 해주세요.
당신의 눈은 이 세상에서 가장 조용한 곳이지요.

당신의 검은 눈동자 속에 살고 싶습니다.
당신의 눈동자는 상냥한 밤처럼
부드럽습니다.

— 막스 다우텐다이 〈당신의 눈 속에〉

당신을 향한 나의 작은 사랑은
뜨거운 물을 부으면
바로 되는 게 아니라
5분을 기다려요.
홍차 우려내듯이.

당신을 향한 나의 작은 사랑은
기다리는 즐거움을 내게 가르쳐주네.
이젠 나도 조금 어른이 되어가나봐.

떠올려봅니다.
향기로운 황금빛 홍차처럼
빛나고 있는 사랑을요.

당신을 향한 나의 작은 사랑은
이제는 슬슬 참을 수 없게 되어갑니다.
5분이 지나며는 쓴맛이 우러나거든.
오늘이 지나며는 날아가버리거든.

— 오지은 〈당신을 향한 나의 작은 사랑은〉

미숙한 사랑은
'당신이 필요해서 당신을 사랑해'라고 하지만,

성숙한 사랑은
'사랑하니까 당신이 필요해'라고 한다.

— 윈스턴 처칠 (정치가)

사랑은 여전히 사랑이어서
그대 깊은 마음을 쉬게 해.

늦겨울 지나면 새 봄이 오듯
저기 어딘가 여전히 반짝이지.

— 한웅재 〈사랑은 여전히 사랑이어서〉

우린 결국 언젠가 한 줌의 재로 돌아갈 테고,
갈수록 뜨거워지는 태양이 지구를 녹이겠지만,

난 지금 널 사랑하고 있어.

—영화 〈안녕, 헤이즐〉

할 수 있을 때 사랑하세요.

— 영화 〈프랙티컬 매직〉

사랑만을 위해 나를 사랑해주세요.

— 엘리자베스 배릿 브라우닝 〈당신이 날 사랑해야 한다면〉

너의 머리에 두 손을 얹고
나 하느님께 기도해야 하리,
언제나 네가 이대로 귀엽고 예쁘고
깨끗하게 있게 해달라고.

─ 하인리히 하이네 〈너는 한 떨기 꽃과 같이〉

세상 모두가 널 밀어낸다 해도
끝이 없는 어둠 속에
혼자 남겨져도

모든 슬픔 안고
내게로 올 수 있게
한 걸음도 옮기지 않고서
내가 여기 있을게.

— 더 넛츠 〈사랑하기에 사랑한〉

고맙단 말을 하고플 땐 미안하다고,

사랑한다 할 타이밍엔 밥 먹었냐고,

암말도 없이 뒤에서 꼭 안아줄 땐
다시 한 걸음 앞으로 갈 힘이 생겨.

— 가을방학 〈오래된 커플〉

세상의 고달픈 바람결에 시달리고 나부끼어

더욱더 의지 삼고 피어 헝클어진

인정의 꽃밭에서

너와 나의 애틋한 연분도

한 망울 연연한 진홍빛 양귀비꽃인지도 모른다

— 유치환 〈행복〉

당신이 내 생애
최고의 히트작이야.

— 영화 〈그 여자 작사 그 남자 작곡〉

밖이 그렇게 뜨거운데도
춥다는 당신을,

샌드위치 주문하는 데
한 시간 걸리는 당신을,

날 볼 때 미친놈 보듯
인상을 쓰는 당신을,

헤어진 후에
내 옷에 배어 있는
향수의 주인인 당신을,

잠들기 전까지
이야기할 수 있는 당신을,

사랑해.

— 영화 〈해리가 샐리를 만났을 때〉

내 모든 생각과

내 모든 세계

그리고 나의 모든 행동의 동기는

당신을 향한 내 사랑입니다.

— C. 라팔레트 〈내 모든 것이 당신을 사랑하고 있습니다〉

가끔 라디오에서 좋은 노래가 나올 때가 있어.
노래 한 곡을 들은 것만으로도 행복해지기도 해.

만약 평생 동안 듣고 싶은 노래가 있다면,
넌 그런 노래일 거야.

— 영화 〈유 콜 잇 러브〉

그녀 덕분에
어떤 일이든 가능할 것 같은
기분이 드는 게 좋아.

뭐랄까?
인생이 가치 있는 거라는
생각 같은 거 말야.

— 영화 〈500일의 썸머〉

매일 아침
눈을 뜰 때마다
너를 보고 싶어.

— 영화 〈첨밀밀〉

두 번째 입맞춤

따뜻한 온기에

모든게괜찮아지길

아무 말도 묻지 말고서
나를 꼭 안아줘.

살며시 오늘 너의
따뜻한 손을 잡고서
이 길을 걷고 싶어.

— 어쿠스틱 콜라보 〈설렘 가득〉

어떤 사람을 만나는 거니 물을 때
좋은 사람을 만나게 된 거지 대답해.

자랑하고픈,
다 말을 하고픈 기분에
친구들을 모아 몇 시간을 떠들기만 해.

— 거미 · 바비킴 〈러브 레시피〉

소중한 순간이 오면
따지지 말고 누릴 것,

우리에게 내일이 있으리란
보장은 없으니까.

— 영화 〈창문을 넘어 도망친 100세 노인〉

바라만 보아도
좋은 사람이 있다는 것은
즐거운 일입니다.

느낄 수만 있어도
행복한 이가 있다는 것은
아름다운 일입니다.

— 라이너 마리아 릴케 〈사랑의 노래〉

모든 걸 감싸줄 것만 같은
푸른 숲 속
오래도록 앉아 그곳을 바라보다
서성거리듯 천천히 걸어본다.

시간이 가도 이 순간은
선명하기를.
모른 척 감춰온 아픔을 꺼내어도
따뜻한 온기에
모든 게 괜찮아지길.

— 스웨덴세탁소 〈숲〉

당신이 나를 완성시켜.
당신이 없으면
난 내가 아니야.

— 영화 〈제리 맥과이어〉

내가 비밀을 하나 가르쳐줄게.
가장 중요한 것은 눈에 보이지 않아.
마음으로만 볼 수 있지.

잊어버리면 안 돼.
네가 길들인 꽃은 영원히 네 책임인 거야.

— 생텍쥐페리 〈어린 왕자〉

나는 내가 믿는 것을 확신하지 못해.
하지만 내가 보는 것은 믿어.

그리고 내가 눈을 감았을 때
내 삶의 전부가 내 앞에 있는 걸 봐.

—Owl City 〈Verge〉

오늘은 너와 만나기로 한 날
조금씩 두근두근거리는 난
조그만 가방에 우산을 넣고
버스를 타고 너에게로 달려

이런 설레이는 기분은
너도 나와 똑같을까
너와 함께 있는 시간은
언제나 즐거워

자꾸 장난치는 내 옆에
토라져 투덜대는 너와
작은 우산을 쓰고
비오는 거릴 걸어가고 싶어

하나둘씩 떨어지는 빗방울에
발걸음이 들떠
오늘은 온종일 이렇게
비가 내렸으면 좋겠어

— 루싸이트 토끼 〈비 오는 날〉

누군가를
마음으로부터 지울 수는 있지만,
사랑은 지워지지 않습니다.

— 영화 〈이터널 선샤인〉

멀리 그대가 보일 때면
난 가슴이 떨려 어김없이
어제 그제도 보았는데
설레는 내 맘이 이상해.

그대와 손을 마주 잡고
보드라운 바람 벗 삼으니
그냥 걷기만 하는데도
터지는 웃음이 이상해.

슬픔이 머물다 간 자리
눈물이 고였던 흔적
어느새 시원하게 씻겨 내려가
나는 그대 곁에 그댄 내 맘속에

넓고도 넓은 세상 안에
그 많고도 많은 사람 중에
우리 둘이 함께라는 게
그럴 수 있단 게 이상해.

— 이적 〈이상해〉

난 천사의 존재를 믿지 않아.
하지만 당신을 보면 사실인 것 같아.
사실이라면, 그들을 모두 불러 모아서
당신을 돌봐달라고 부탁할 거야.

당신을 위한 촛불을 밝혀서
당신이 가는 길을 비춰달라고.

— Nick Cave And The Bad Seeds 〈Into My Arms〉

"그렇게 보지 마."
"그렇지만 보고 싶은걸."

— 영화 〈다만, 널 사랑하고 있어〉

이제 난 근심을 내려놓을 수 있어요.
그리고 확신해요.
더 이상 외롭지 않을 거란 걸.

당신이 언제나 거기 있다는 걸 알기면 한다면,
언제나.

— Richard Marx 〈Now And Forever〉

아주 사소한 것들,
그게 가장 중요한 것이죠.

— 영화 〈바닐라 스카이〉

니 생각에 꽤 즐겁고
니 생각에 퍽 외로워.
이상한 일이야 누굴 좋아한단 건.

아무 일도 없는 저녁
집 앞을 걷다 밤 공기가 좋아서
뜬금없이 이렇게 니가 보고 싶어.

참 묘한 일이야 사랑은
좋아서 그립고 그리워서 외로워져.
이게 다 무슨 일일까.
내 맘이 내 맘이 아닌걸.
이제와 어떡해 모든 시간 모든 공간
내 주위엔 온통 너뿐인 것 같아 묘해.

아무렇지도 않은데
햇살에 울컥 눈물이 날 것 같고
그러다가 니 전화 한 통에 다 낫고
참 묘한 일이야, 사랑은.

— 어쿠스틱 콜라보 〈묘해, 너와〉

나에게 당신은
완벽해요.

가슴이 아파도
당신을 사랑할래요.

— 영화 〈러브 액츄얼리〉

햇빛은 대지를 껴안고 있고
달빛은 바다에 입맞춤한다.

하지만 그대 내게 입맞추지 않는다면
그 모든 입맞춤이 무슨 소용이 있으랴.

— 퍼시 비시 셸리 〈사랑의 철학〉

아침마다 그녀는 날 깨웠어.
스타벅스도 필요 없어.

— Justin Bieber〈Baby〉

고요한 어둠이 깔리는 시간
성냥개비 세 개에

하나씩 하나씩
불을 붙인다

첫째 개피는 너의 얼굴을 보려고
둘째 개피는 너의 두 눈을 보려고

마지막 개피는 너의 입을 보려고

그리고 송두리째 어둠은
너를 내 품에 안고 그 모두를 기억하려고

— 자크 프레베르 〈성냥개비 사랑−밤의 파리〉

그 무엇도
당신에게서
내 키스를 떼어놓지 못하니

우리는 입맞추고,
영원히 입맞추네.

— 바이런 (시인)

마치 멋진 노래를 부르는
작은 새가 된 것 같은
기분이야.

— 제리 밴 (카투니스트)

늦은 저녁,
그녀는 무슨 옷을 입을지
망설이고 있어요.

그녀는 화장을 하고
긴 금발 머리를 빗고 있어요.

그리고 그녀가 내게 물어요.
"나 괜찮아 보여요?"

그러면 나는 대답하죠.
"응, 당신 오늘 밤 너무 아름다워."

우리는 파티에 가고
모든 사람들이 돌아봐요.

나와 함께 걷고 있는
이 아름다운 여자를.

― Eric Clapton 〈Wonderful Tonight〉

분명,
누구도

이렇게까지 누군가를
사랑할 수는 없을 거예요.

— 영화 〈첫 키스만 50번째〉

내 일생의 행운은

이 배의 티켓을 따낸 거야.

당신을 만났으니까.

— 영화 〈타이타닉〉

네 웃는 얼굴이 좋아.
네가 누굴 좋아하든 상관없어.
난 널 응원해줄게.
네 웃는 얼굴을.

— 드라마 〈라스트 프렌즈〉

자신이 사랑받고 있다고 느끼면
백발이 되어서도
어린아이 같은 기쁨을 느낀다.

— 앙리 드 몽테를랑 (소설가)

● 키스하지 말아요.

다시 키스한다면,
난 당신 곁을 떠날 수 없을 거예요.

— 영화 〈파리에서의 마지막 탱고〉

누가 내 맘을 위로할까.
누가 내 맘을 알아줄까.
모두가 나를 비웃는 것 같아.
기댈 곳 하나 없네.

이제 괜찮다 했었는데
익숙해진 줄 알았는데
다시 찾아온 이 절망에
나는 또 쓰러져 혼자 남아 있네.

내가 니 편이 되어줄게.
괜찮다 말해줄게.
다 잘될 거라고.
넌 빛날 거라고.
넌 나에게 소중하다고.

— 커피소년 〈내가 니 편이 되어줄게〉

당신은 나를
더 나은 사람이 되고 싶게 해요.

— 영화 〈이보다 좋을 순 없다〉

마지막 입맞춤

나는 다시

네게로 번진다

내릴 역은 여기밖에 없으니까.

그러니까
내일 네 맘이 멀어진대도
사랑해.

— 영화 〈도쿄 타워〉

사실 우리는
필요할 때 가까운 사람을
거의 도울 수 없습니다.

무엇을 도와야 할지도 모르고
때로는
원치 않는 도움을 줍니다.

이렇게 우리가
서로 이해할 수 없는 사람과
산다는 걸 알아야 합니다.

그렇다 해도
사랑할 수는 있습니다.

완전한 이해 없이도
우리는 완벽하게
사랑할 수 있습니다.

— 영화 〈흐르는 강물처럼〉

행복하기 위해 필요한 건 오직 하나,
사랑이다.

— 레프 톨스토이 (작가·사상가)

속삭여요, 부드러운 말로.
기쁘게 해줘요, 따사로운 소리로.
아무것도 모르는 이 마음을
받아줘요.

— 나가세 기요꼬 〈속삭여요 살며시〉

사랑하고 사랑받는 것은
양쪽에서
태양을 느끼는 것이다.

— 데이비드 비스코트 (정신의학자)

다정한 사랑을 주세요.
소중한 사랑을 주세요.

내가 당신의 사람이라고 말해주세요.
세월이 흘러도 나는 당신의 사람입니다.

— Elvis Presley 〈Love Me Tender〉

영원한 건 없지만
익숙함에 소중함을 잃지 않기를.

— 헤르만 헤세 〈데미안〉

넌 나를 손끝 하나 대지 않고도 붙잡고
사슬 없이도 움직이지 못하게 해.

난 어떤 것도
이렇게 원한 적은 없어.

— Sara Bareilles 〈Gravity〉

그녀가 가는 곳에는 내가 함께 가야 해요.
내 인생의 의미는 바로 그녀니까요.

— Elvis Costello 〈She〉

널 만난 세상
더는 소원 없어.
바램은 죄가 될 테니까.

— 김동규 〈10월의 어느 멋진 날에〉

눈을 감아요.

내게 당신의 손을 주세요.

내 심장 소리를 느낄 수 있나요?

이 모든 것이 이해가 되나요?

당신도 나와 같이 느끼나요?

아니면 그저 나만의 꿈인가요?

이 불꽃이 영원히 타오를까요?

나는 우리가 맺어질 운명이라고 믿어요.

잠든 당신을 바라보았죠.

당신은 나의 것이에요.

당신도 나와 같이 느끼나요?

내 이름을 불러줘요.

빗속에 햇살이 비출 거예요

나의 모든 삶은 너무도 외로웠고,

당신이 그 고통들을 잊게 했어요 .

이 감정을 잃고 싶지 않아요.

— The Bangles 〈Eternal Flame〉

마치 좋은 일이 생길 것만 같은 날이야.
마치 어제까진 나쁜 꿈을 꾼듯 말이야.
길고 슬픈 꿈에서 눈을 떠
햇살 예쁜 아침을 맞을 듯
마음속에 무겁게 가라앉은 상처를 잊은 듯

마치 좋은 일이 생길 것만 같은 날이야.
마치 어제까진 나쁜 꿈을 꾼듯 말이야.
이젠 행복해질 것만 같아,
혼잣말 나지막이 해보네.
슬픔이여 안녕.
문을 열고 거리로 나설래.

너와 함께라면 괜찮을 것 같아.
너에게 가는 길이 이렇게 설레이네.
다시는 돌아가지 않을래.
너와 함께라면.

— 자우림 〈Something Good〉

너와 있어서 행복해.
넌 모를 거야.
왜 이 순간이 내 인생에서
그토록 중요한지.

— 영화 〈비포 선라이즈〉

당신과 나는
날개가 하나밖에 없는 천사입니다.

우리가 날기 위해서는
서로를 안아야 합니다.

— 루치아노 데 크레센조 (작가·감독)

내 늙은 아내는 아침저녁으로
내 담배 재떨이를 부시어다 주는데,
내가 "야 이건 양귀비 얼굴보다 곱네,
양귀비 얼굴엔 분때라도 묻었을 텐데?" 하면,
꼭 대여섯 살 먹은 계집아이처럼
좋아라고 소리쳐 웃는다.
그래 나는 천국이나 극락에 가더라도
그녀와 함께 가볼 생각이다.

— 서정주 〈내 늙은 아내〉

한 방향으로 깊이 사랑하면
다른 모든 방향의 사랑도
깊어진다.

— 안네 소피 스웨친 (러시아 지식인)

목련꽃은 번져 사라지고
여름이 되고
너는 내게로 번져
어느덧 내가 되고
나는 다시 네게로 번진다

— 장석남 〈번짐〉

겁쟁이는 사랑을 드러낼 능력이 없다.

사랑은 용기 있는 자의 특권이다.

— 마하트마 간디 (정치가·민족운동지도자)

너의 키스는 마약,
너의 입술은 술 단지.
영웅에겐 겁을 주고
아이에겐 용기를 준다.

— 샤를 보들레르 (시인)

작은 별이 돼줄래?
내 어둠이 깊을수록
넌 더욱 빛날 테니까.

— 안녕바다 〈어둠이 깊을수록 별은 더욱 빛난다〉

내가 좋아하거나 존경하는 사람들의
공통분모는 찾을 수 없지만,
내가 사랑하는 사람들의 공통점은 찾을 수 있다.
그들은 나를 웃게 한다.

— W. H. 오든 (시인)

종달새가
노래와 산들바람을 사랑하듯
아침의 꽃이
공기의 향기로움을 사랑하듯

뜨거운 피 설레며
나는 너를 사랑한다.
너는 내게 청춘과
기쁨과 용기를 부어라.

— 요한 볼프강 폰 괴테 〈오월의 노래〉

한 가지는 확실합니다.

사는 것이 초콜릿보다

더 달콤하다는 것.

— 영화 〈찰리와 초콜릿 공장〉

그녀는 정말 사랑스럽고 멋진 소녀다.
커다란 눈망울이
내 마음을 사로잡아버렸다.

나는 혹시라도
행운이 내게서 멀어질까 봐
은근히 걱정해야 했다.

하지만 어쩔 수 없었다.
그녀를 만나자마자
나는 금세 행복해져 버렸으니까.

— 잉게보르크 바하만 〈동시에〉

당신은 내가 존재하는 이유고
모든 이유는 당신입니다.

— 영화 〈뷰티풀 마인드〉

"내 사랑아" 너는 말했다.
"내 사랑아" 나는 말했다.

"눈이 온다" 너는 말했다.
"눈이 온다" 나는 말했다.

"좀 더, 좀 더" 너는 말했다.
"좀 더, 좀 더" 나는 말했다.

"이렇게, 이렇게" 너는 말했다.
"이렇게, 이렇게" 나는 말했다.
그런 뒤, 너는 말했다.

"난 네가 참 좋아" 그리고 나는 말했다.
"난 네가 더 좋아."

— 프랑시스 잠 〈애가〉

사랑의 치료법은
더 사랑하는 것밖에는 없다.

— 헨리 데이비드 소로 (저술가·사상가)

개나리꽃이 피면 개나리 꽃 피는 대로
살구꽃이 피면은 살구꽃이 피는 대로
비 오면 비 오는 대로
그리워요
보고 싶어요
손잡고 싶어요
다

당신입니다

— 김용택 〈다 당신입니다〉

사랑해.
이 길 함께 가는 그대,
굳이 고된 나를 택한 그대여.

가끔 바람이 불 때만 저 먼 풍경을 바라봐.
올라온 만큼 아름다운 우리 길.

기억해.
혹시 우리 손 놓쳐도
절대 당황하고 헤매지 마요.

한걸음 이제 한걸음일 뿐
아득한 저 끝은 보지 마.

평온했던 길처럼
계속 나를 바라봐줘.
그러면 난 견디겠어.

— 윤종신·정인 〈오르막길〉

그녀가 누구였든, 무엇이었든
그게 무슨 상관이죠?

그녀는 내가 필요할 때 곁에 있어줬고,
내가 죽는 날까지
곁에 있어줄 건데요?

― 영화 〈월드워 Z〉

그리고 당신에게

_____

_____

_____

_____

_____

여기에
우리만의
사진을
붙여보세요

지은이 김진석

편집 정민애, 김보희
디자인 유경아
제작 이수진, 박규동

인쇄 영신사
제본 영신사
후가공 이지앤비

국내 시 인용
한국문예학술저작권협회 승인
안도현 〈사랑〉 / 김용택 〈다 당신입니다〉
유치환 〈행복〉 / 장석남 〈번짐〉

노래 가사 인용
komca 승인필
스탠딩 에그 〈사랑한다는 말〉 / 우주 히피 〈1. 2. 3〉
오지은 〈당신을 향한 나의 작은 사랑은〉 / 한응재 〈사랑은 여전히 사랑이어서〉
더 넛츠 〈사랑하기에 사랑한〉 / 가을방학 〈오래된 커플〉
어쿠스틱 콜라보 〈설렘 가득〉 / 거미 · 바비킴 〈러브 레시피〉
스웨덴세탁소 〈숲〉 / 이적 〈이상해〉
어쿠스틱 콜라보 〈묘해, 너와〉 / 커피소년 〈내가 니 편이 되어줄게〉
김동규 〈10월의 어느 멋진 날에〉 / 안녕바다 〈어둠이 깊을수록 별은 더욱 빛난다〉
윤종신 · 정인 〈오르막길〉 / 루싸이트 토끼 〈비 오는 날〉